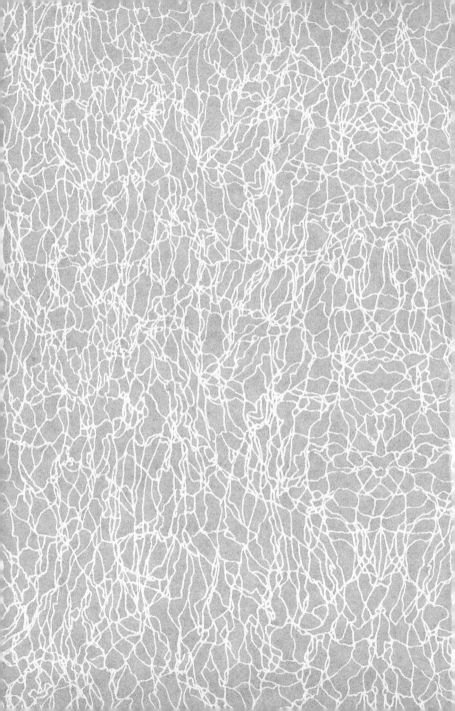

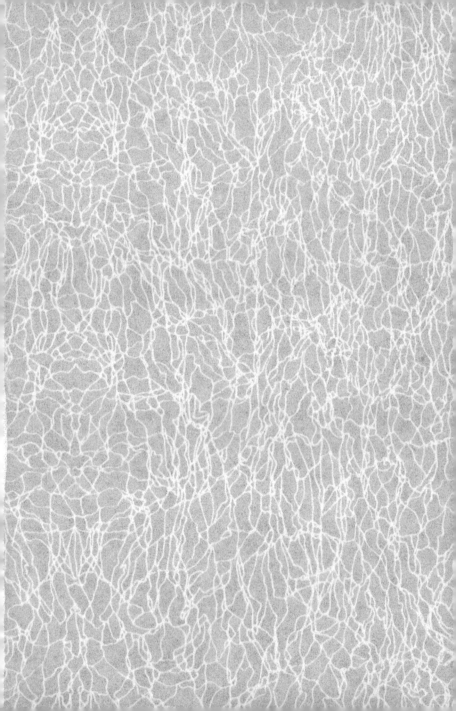

ぜんぶ、嘘

窪島誠一郎

七月堂

もくじ

装丁　伊勢功治
表紙画　田中涼子

詩集　ぜんぶ、嘘

冷蔵庫

わたしの
からだには
ちいさな冷蔵庫がある

少し扉のあいた
ちいさな冷蔵庫が

わたしは
その冷蔵庫があるために
あなたを愛せない
あなたを抱きしめられない

わたしは時々
冷蔵庫のなかを
のぞくのだが
冷蔵庫には何も入っていない

からっぽの冷蔵庫から
わたしの心に吹いてくる
つめたい風
落ちてくる　凍《こご》えるような水滴

わたしは
その冷蔵庫があるために
花に水をあげられない
小鳥に餌をあげられない

わたしの
からだには
ちいさな冷蔵庫がある
少し扉のあいた
ちいさな冷蔵庫が

装う

眸《め》をそらし
口ごもり
でもね、これだけは
わかってほしいと
きみはいうのだが

わたしもまた
眸をそらし
口ごもり
なにも答えない

わたしたちは

いつまで
こんな装いを
つづけてゆくのでしょうね

きみはつぶやき
眸をそらし
口ごもり
思い出したように
さ、お茶にしましょうか
なんていう

港

宿題を忘れた子のように
私はもう　何年も前から
波間にうかぶ小さな机に
かじりついている

机の上には
使い古した万年筆　ちびた消しゴム
何本ものカートレッヂが
港に停泊する小舟みたいに
所在なげに　ちらばっている

なのに

私は私宛の手紙を
一行も書けないまま
もう何年も
白い便箋をみつめているのだ

この机から　身体を離したら
私はきっと
海に沈んでしまう
鋭いキバの魚たちに
食われてしまう

机の上の
使い古した万年筆　ちびた消しゴム
何本ものカートレッヂが
港にうかぶ浮標《ブイ》のように

ゆらりゆらり　ゆれている

なのに
私は私宛の手紙を
一行も書けないまま
もう何年も
白い便箋をみつめているばかり

何も変わらない
——塩田盆地を望む——

いつものように
庭の椅子にすわる
少し傾《かし》いだ　枯れ蔦《つた》でできた椅子に

眼の前で
しおれかけた木槿《むくげ》の花が
身体をくねらすように　ゆれている

ゆっくりと　秋が舞いおり
落葉たちが　とりとめもない会話を交わし
どこかに置き去りにしてきた

記憶のむれが
いくえにも重なってみえる

砂時計の砂が落ちるように
ふいにだれかが、水槽の古びた栓をぬくと
「今」が　すうっと消える
手のとどかないところに　すうっと消える

この風景だけは
いつまでも　変わらない
わたしが死んでも
何も変わらない

走る人

私の斜め前方を
ひたすら走る人

手をふり
胸をつき出し
走る人

かれは　みるみる
私から遠ざかるが
どうやら
たどりつく場所をもっていないようだ

ただ
機械的な正確さで
足を上げ　地を蹴り
首をかしげ
走る人

かれは
どこかに　到着することを
のぞんでいない

道はくねくね曲がりながら
けっきょくは
一番最初の場所にもどる

かれは

それを知っているから
行き先を
考えないのかもしれない

かれは　ただ
一心に走る

ずっと後ろを
息をきらせて追いかける
私のことになんて
まるで気付いちゃいないだろう

指を切る

1966年6月30日
ザ・ビートルズがきた
妻の紀子が
包丁で指の股を切った
白黒のテレビに
お客がかぶりついていた夜のことだ

それだけじゃない
朝の新聞では
かれらがキリスト教の否定者だとか
人間そのものの復権だとかで
もめにもめていて

妻は指を包帯でグルグル巻いた

あれは
リンゴ・スターのスティックのせいでも
レノンやジョージの
セッションの手柄でもなかった
カン高いコンテンツを歌う
ポール・マッカートニーの
「きっとだれかが手を差しのべるぜ」
というフレーズの誘惑でもなかった

ともかく　あの日
私たちが建てた　五坪の酒場は
千客万来で
ハイボールが売れに売れ

一人の女が包丁で指を切った
一週間も包帯がとれなかった
1966年6月30日
日本じゅうが
包帯を巻いていた

貧しい老人の恋

貧しい老人が
恋をした
お金の数え方も知らない
小さな女の子に

老人が
最初にプレゼントしたのは
老人が子供の頃にかぶっていた
手編みの帽子だった

帽子を編んでくれたのは
早く亡くなった老人の母親だった

女の子は　うれしそうに
帽子をかぶった

老人が
次にプレゼントしたのは
幼い頃父親が買ってくれた
水彩絵具だった

その絵具で
老人と女の子は
仲良くならんで
絵を描いた

老人の描いた絵は
幸せだった頃の大きな家だった

女の子は
海にうかぶ小さな船を描いた

女の子は
船の絵を老人にプレゼントした
「私は小っちゃいから
大きな家もお金もいらないわ」

それから
老人と女の子は
小さな船にのって
何日も　何日も旅をした

旅をするうち
老人は

どんどん子供になっていった

子供になった
老人の眼には
毛糸の帽子をかぶった女の子が
母親にみえた

夢から醒めたとき
老人のそばには
「とっても幸せだったよ」
と書いた女の子の手紙がありました

献身

死ぬときには
あなたの手を
握って死ぬでしょう

でも時々
そんな私の手を振り払う
あなたの夢をみます

だってあなたの献身は
生きている私にではなく
私の死後への献身だから

手を握ったら
それは
本当の別れを意味してしまうから

でも
私は　あなたの手を
握って死にたい

あたたかくて
やさしい
あなたの手

私が死んじゃった後への
献身なんて
考えなくていいのです

死ぬときに
手を握らせてください
あなた

足りる

いっぽんの
枯れた苗木だけで
足りる

たった一どの
乾いたくちづけだけで
足りる

掠《かす》れたインクの
たどたどしい一行だけで
足りる

一瞬の
意味ありげな目くばせだけで
足りる

お気に入りの
銀色の爪切りの音だけで
足りる

付け足した
「けれども」の四文字だけで
足りる

呼吸器の管を
ほんの少し外す　だけで
足りる

白い雨

白い雨がふる。白い雨が間断なくふりおちる。それは醜い私の身体を浄《きよ》めようとする雨か、それともさらに汚れ朽ちさせるためにふる雨か。どこかに身を隠せる物陰はないかとさがすのだが、白く煙《けぶ》る道はとことん平坦で、摑まるにも一本の樹木さえ見当りゃしない。見上げる空は墨の底のように澱み、そのどこかに私を宿した母がいるはずなのだが、猛烈な雨しぶきでそれも見えない。これは単に政治の問題なのか、自分の来《こ》し方に関わる個人の問題なのか、結論はまだまだ先。私は全身をぐっしょり濡らしながら、少しでも薄日の射す方向をめざして走る。雨からのがれようと、甲殻動物のように背を丸めてヒタ走る。だが、雨足はおさまるどころか、さっきよりも何倍も激しくなってきたみたい。白い雨は私の虚言を見透かしたように、相も変わらぬ融通無碍を見ぬいたように、するどい水滴のツブテを私の身体に叩きつける。嘘をつくな、嘘をつくなと叩きつける。

自裁の人

――西部邁氏に

とにかくも
祝砲をあげねばなりません
あなたの美事な自裁に

もうずいぶん　長いあいだ
あなたは
そのことを　予言してきた

しかし　その予言は
ときとして生への
絶えがたい　恨みであったり

今生に生まれ落ちたことへの
やりきれない　悔悟であったり

そんな「保守」の感情に
おそわれるたび
あなたは　荒ぶる心をおさえ
やがて訪れる　その機会を
待っていたのだ

なぜ自裁を？
とは問いません
なぜ死のエゴイズムから
一生自由にはなれなかったのか？
とも問いません

あなたの　自裁願望の底に
「妻」との永訣があったことに
気付いていた人は
少なからずいたはず

そうだ　あなたは
あなたの伴侶にだけは
己が自裁の決行について
いくどもいくども　念押すように
「こわがらないでいい」
と告げていたのですよね

極寒の多摩川に入水
享年七十八
堂々たる　活動的虚無主義者の旅立ち

やはり　あなたの自裁に
心からの祝砲を
あげさせてください

饒舌と沈黙

かれは　饒舌なのだが
ふいに押し黙る

かれの饒舌は
そのおそろしい沈黙のなかにある

饒舌は
言葉を死なせるけれども
沈黙は
言葉を甦《よみがえ》らせる
かれの沈黙は
じゅうぶんその意図を承知している

だから　わたしは
かれに饒舌をもとめない
言い替えや転向のない
沈黙をもとめる
一度死んだ言葉を甦らせる
声にならない声をもとめる

かれの饒舌は
そのおそろしい沈黙のなかにある

「戦《いく》さ」のせいかしら

迷彩色のスーツに身をかため
あなたは　たいそう上機嫌
拍子外れの口笛に
何万人もの童《わらべ》がおどるのは
足早にやってくる
「戦《いく》さ」のせいかしら

乳呑み児をゆりかごにのせ
あなたは　昏《くら》い笑みを絶やさず
残り少ないノートの片隅に
怯懦という言葉を書きつける
それもこれも

「戦さ」のせいかしら

活字のない左翼新聞をめくりながら
あなたは　途切れ途切れの子守唄
どんなに美酒を注《つ》がれても
ふるさとの思い出を語ろうとしないのは
どこかで　息をひそめる
「戦さ」のせいかしら

ちぎれた過去の糸をつないで
あなたは　不穏な明日への旅支度
偽りばかりの時間に
追いたてられ　急かされるのは
もう　すぐそこにある
「戦さ」のせいかしら

わからない

わからないですねぇ、なぜ私たちのクニが、こんなにもボロボロ骨抜きになっちまったのか。志を失ない、魂を失ない、母国語まで失ない、これってやっぱ戦争のせいですか？　いや戦争に敗けたからってこと？　でも、彼《か》の国なんか見てると、かれらは敗戦を糧《かて》にして、国民の心をりっぱに立て直したじゃないですか。アインシュタインまで巻きこんで、大量殺戮兵器の開発に精を出していた科学者が、今や総ザンゲのクニだってあるんですよ。

今評判の奇妙奇天烈な女流画家の絵。インスタレーションかオブジェかしらないが、あんなの見てると、何だかこっちまで妄想症《パラノイア》みたいになってくる。頭クラクラ、眼の玉グルグル、一種の精神錯乱にね。あ、その精神錯乱があの画家の値打ちだってわけ？　そうか、今や我々は正気よりも狂気の世界のほうが安心できるのかもね。それにしても、わからないねぇ、さっぱりわからない。

このあいだ夢のなかで暗い森の道を歩いていたら、私は躓《つまず》きもせず転びもせず、スキップするように家まで辿りついたんだ。おまけに、見知らないえらくべっぴんな女性が三つ指ついて迎えてくれて。私はそんな幸福を得るために、これまでどんな心掛けをしてきたんだろう。わからないねぇ、さっぱりわからない。さっき戸締まりしたばかりの戸が、いつのまにか半開きになっている。あれは私が惚《ボ》ケて、戸締りしていなかったってこと？　私はすっかり自分で戸を閉めたと思いこんでいたってこと？

喫煙室

喫煙室は
混みあっている

いやに前頭葉のでっかい
浮浪者ふうの男が
貧乏ゆすりしながら
プカプカ

喫煙室は
混みあっている

白いイヤホンを

耳に嵌めた大柄な露西亜《ロシア》女が
指を鳴らしながら
プカプカ

喫煙室は
混みあっている

だれに追われているのか
しきりと眼鏡をふくキャリアウーマン
軽く、チッと舌打ちして
プカプカ

喫煙室は
混みあっている

どこかに一人
大の嫌煙者がいるはずなのだが
知らぬふりして、みんな直立
プカプカ

罪と約束

罪をおかした人が死んでも
「罪」だけはのこる
だれも　その罪を持って死んでゆけない

約束した人が死んでも
「約束」だけはのこる
だれも　その約束を持って死んでゆけない

置き忘れられた「罪」は
やがて　むっくりと起きあがり
同じ罪をおかす人をさがす

置き忘れた「約束」は
やがて　パチリと眼を醒まし
同じ約束をしてくれる人をさがす

「罪」は
戦争を起した人間が
来世までもかかえてゆく罪だった

「約束」は
人間がもう二度と
戦争を起さないという約束だった

「罪」と「約束」は
今度こそ約束を果たし
今度こそ自らの罪をみとめる

そんな人間をさがして
今日もさまよう

ゴミ屋敷

十字路の角に私の住むゴミ屋敷がある。たれ流すようにしゃべりつづけ、人々から跳ね返された言葉、わけのわからぬ弁解、迷妄としかいいようのない虚言、力ない抗議、煮えきらない譲歩、とつぜん中断された対話、とうに忘れてしまった相手の名前、いくえにも積み重ねられた言葉の束は、今にも崩れ落ちそうだ。今やその腐敗した言葉のやつらが、私の眠っている寝室の窓を突き破る気配さえあって、私はシーツをかぶり、息をひそめ、すでに腐臭を放ちはじめた言葉たちからのがれようと、懸命に足を突っぱる。そいつらはケラケラと嗤《わら》いながら、私の平穏な日常への脱出を阻止する。私はシーツにくるまったまま手をのばし、いつもの言葉ノートをひっぱり出し、「知識」とか「感情」とか「願望」とか「後悔」とかいった欄をしつらえ、そこに大量の言葉を必死につめこもうとする。だが、七十余年にもわたって私が渉猟した言葉たちは、もはや血の気のうせた亡者のそれでしかなく、やつらは果てしなく膨張し、肥大し、拡散し、ほとんどその言葉自体の意味をも破壊しつつあるようなのだ。テレビや新聞で、ゴミ屋敷の評判を知った見物人が、うずたかく積まれた言葉と言葉のすきまから、もだえのたうつ私の姿を面白そうにスマホに収めている。

自分の身体が、今いったいどこにあるのか、皆目見当がつかないといった按配なのです。ただ、いえるのは、眼の前のずうっと先まで一本の橋が続いていること、何とまぁ、長い橋なんでしょう。あなたは背後の私をちっとも気にせず、どんどん先に行っちまう。時々お愛想をふるように私を手招きするのだが、私とあなたとの距離はさっぱり縮まらず、私はつんのめるように走ったり、足がもつれてのけぞったり、ふいに何かから逃れるように、後ずさりしたり、それはそれは生傷が絶えない。ふりかえると、青くさびた橋脚は、はるか遠い記憶のヒダの中に埋没し、瞬《まばた》きするような点滅信号を発している。こっちへ帰ってきてはいけない、という合図《サイン》かしらん。橋が私の動揺を見透かすように、意地悪くぶらんぶらんと揺れて、あなたの背中はますます遠ざかる。眼下をみると、そこには轟音をたててながれるおっそろしい水量の川、悲嘆の川。果たしてこの長い橋の向うで、いつまであなたは私を待っていてくれるのか、それとも、その前に脆《もろ》くも橋は崩れ落ちてしまうのか。

死の匂い

死の匂いは
かぐわしい

死の匂いは
死者からは立ちのぼらない

たとえば
きみと指を絡《から》めているとき

たとえば
忙しく朝の仕度をしているとき

たとえば
見知らぬ人から花束がとどいたとき
たとえば
鳴りづめだった電話のベルが途切れたとき

ふいに
死の匂いは立ちのぼる
忘れていた死の匂いが
ぷん、と立ちのぼる
死の匂いは
わたしの「希望」の匂い

安楽死

安楽死をねがう
あなたには
もはや　何のおまじないも通じない

「生きること」から
のがれたいのは
けっして「死にたい」ことではない

あなたは
この忌わしい「生」から
そっと解放されたいだけ

だって「生」の希望は
「死」にしかないことに
やっと気付いたのだから

「少量のアルコールと
チオペンタールで
簡単に死ねるんだよ」

その切実なねがいを
叶えてあげたいから
痛いの痛いのとんでゆけ

でも　あなたの安楽死には
わたしのやさしさは
邪魔なのですね

ノックはまだ？

もう　とっくに
その時刻がきているのに
あなたのノックがきこえない

わたしは　ただ
息をひそめて
日没を待っている

仄暗い　部屋には
一人ぶんの冷めたコーヒーと
一人ぶんの小さな椅子

つい昨日までの
薄べったい日記帳と
宛名のない　書きかけの手紙

あなたが　ここに
きてくれたら
わたしは部屋を出てゆきます

だいじょうぶ
あなたを殺しませんから
殺されるとしたら　わたしのほう

でも　とっくに
約束の時間がすぎているのに
あなたのノックがきこえない

どうも　わたしは

どうも　わたしは
勘違いをしていたようです
わたしがひきずってきた
さまざまな思索の欠片《かけら》たちが
今はすっかり　心の中から溶け出して
わたしの臓器の一つ一つに
澱《おり》のような足あとをのこしています

わたしがあまりに
あなたの人生に執着しすぎたのか
それとも　ささいな誤解だったのか
けっきょく　わたしはあなたに

自分の分身を　みつけることができず
もう　何日も
同じ道をあるきつづけている

どうも　わたしは
何億光年の往古《むかし》から
どこかに大事なことを　忘れてきたようで
見知らぬ先祖サマに
そっと許しを乞うて
今日も　あなたの遺骸を
しつこく撫でまわしている

喪《うしな》う日

喪う日がきた
わたしを　喪う日がきた
後生大事にしてきた手帖を
口ずさんでいた歌を
あなたと交わした会話を
これまでの　わたしの歴史の一切を
喪う日がきた

わたしはおおいに取り乱し
声にならぬ声をあげ
すべりこんできた列車の前に
焼け焦げた一本の棒クイのように

ひらりと身を投げ出す
列車は　うずくまった私の上を通過し
おそろしい勢いで　彼方に消える

わたしは観念する
この運命からは逃れられないと
そっと眼をつぶる
なぜもっと　私は愛するものぜんぶを
本気で抱きすくめてこなかったのか
わたしは　何もなくなった白々とした壁をみつめ
ただ泣きじゃくるばかり

喪う日がきた
ついに　わたしを喪う日がきた
わたしはただ　泣きじゃくるばかり

女好き　母嫌い

わたしは　女好きです
わたしは　母嫌いです
母が女だから、です

わたしは
ふんわりした
女の乳房が好きです
母が　わたしに一度も
ふんわりした乳房を
ふくませてくれなかったから

わたしは

ほっこりした
女のからだが好きです
母が　わたしを一度も
ほっこりしたからだで
あたためてくれなかったから

わたしは
ふっくらした
女のくちびるが好きです
母が　わたしを一度も
ふっくらしたくちびるで
チュッチュしてくれなかったから

わたしが　女好きなのは
母を嫌いだから、かしらん

かなしい母

「母」という言葉がかなしい
「母」という文字がかなしい

母の横顔がかなしい
つかれて　ちょっとさみしそうな
母の横顔がかなしい

母の手がかなしい
私の指に指をからめて
離そうとしない母の手がかなしい

母の声がかなしい

遠くから私を呼んでいる
泣いているような　やさしい母の声がかなしい

母の足音がかなしい
駈け出した私を
遠くから追ってくる母の足音がかなしい

「母」という言葉がかなしい
「母」という文字がかなしい

車夫日記

もう　これ以上は
何も積めないと
老いた車夫はいう

時代が変わったのだから
現実も変わるしかない
積めない荷物は　置いてゆくだけ

だとしても
このところ　ずっと雨つづきだ
明日までに　あそこへ辿りつくなんてムリだよ

あなたがアテにしていた
前の　もうひとり前の
あの恋人も　どこかに行っちゃったしね

最初から　お客さん
あんたには　目的地などなかったんだからと
車夫は　黙々と泥のついた車輪を洗っている

時代が変わったのだから
現実も変わるしかない
そうだろ　お客さん

詩人の写真

いいか　いい詩人っていうのは
たいてい一枚しか写真を撮っていない

ナカハラチュウヤだって
タチハラミチゾウだって
ミヤザワケンジだって
ムラヤマカイタだって
とっておきの写真は
一枚きりなんだ

詩人はいくつも顔をもってちゃいけない
一つの顔を守らなきゃいけない

二つも三つも顔をもっていたら
やっこさんの書いた詩までが
二重、三重のピンボケになるからね

もっといい写真を
もう一枚だけ撮りたいって？
よし、許そう
きみのとっておきの詩とひきかえにね

画家という立場は甚だ微妙です。日常に身を置きながら、異界からやってくる夢魔をとらえる眼を持たなければならない。だいいち、ほんらい「描《えが》こうとするもの」は色彩を持っていないし、線も輪郭も持っていない。風景も人物も、そこに在ることだけがすべてであって、そう安易に画布に切り取られるほどヤワな相手ではない。だから、画家はつねに欲求不満でヒステリックなのだ。いくら絵筆やペンティングナイフを駆使しても、「描こうとするもの」を完全に奪い取ることの困難さを知っているからだ。ポール・セザンヌの塗り残しが、時折両面の真ん中にぽつんとあったりするのは、そんな画家の憂鬱の表れといえるかもしれないし、アルバート・ジャコメッティのデッサンが、どれも路上に長くのびた交通標識の文字のごとくにみえるのも、あるいはそのせいかもしれない。いずれにしても、画家という立場は、自らが「描こうとするもの」の前でいつも萎縮し、戸惑い、気の毒なほど小心なのだ。

風船と釦《ぼたん》

その日、五歳になったばかりの少年は、精一杯ふくらませた風船に、焼けこげた小さな釦を一つむすんで、焼け野原の丘の上から空にとばした。風船は、いちめんの焼け野原をゆらりゆらりと越えて、やがて少年の眼には見えなくなった。少年は家に帰ると、貧しい家の屋根にのぼって、高い空をみあげたが、もうどこにも風船はなかった。

少年は二十歳になり三十歳になり、四十歳になり五十歳になり、やがて七十歳の老人になった。いつしか、老人は風船のことを忘れてしまい、風船をとばした日のことも、風船にむすんだ釦のことも、みんな忘れてしまった。だから、ある日、老人の住んでいる家の庭にしぼんだ風船が落ちていたときにも、それがあの、幼い頃自分がとばした風船であるとは気づかなかった。

しかし、ひろいあげた風船のヒモの先に、焼けた小さな釦がむすばれているのをみつけたとき、老人は風船をとばした幼い日のことを思い出した。見覚えのある釦は、七十年ものながいあいだ、老人のシャツに一つだけ欠けていた釦だった。どこに消えたのかと、さがしつづけていた釦だった。老人は、しぼんだ風船を手にしたまま、いつまでもあの日と同じ青い空をみあげていた。

井戸

私の心の底に深い井戸がある。汲めども尽きぬ思索の井戸。それはとつぜん絶望の井戸ともなる。休みなくこんこんと、昏《くら》い地の底から湧いてくる水は、絶えまなく私という人間に警告を発する。おまえさんは、いつまでこんなふうな曖昧な態度をくりかえすのか、なぜ何ゴトも決定せず、何ゴトにも干渉しようとしない無気力を変えようとしないのか。私は水を汲み上げる手桶を上下にゆさぶり、耳をふさぎ、必死にその警告からのがれようとする。井戸に下ろした手桶の鎖がたわんで、桶から跳ね上った飛沫がはげしくおそいかかり、私はずぶ濡れの身体で立ちつくす。もう絶望なのか、未《いま》だ一縷《いちる》の希望を明日に託すべきなのか、忘れたはずの記憶の堆積物がどんよりと溜る井戸の底を、おびえた眼でのぞきこむ私。やがてその井戸に落下してゆく私は、いったいだれの手で抱きとめられるのだろう。

成功譚

某日、某市でひらかれた市民決起集会での貴殿の講演を拝聴しましたよ。満場の拍手でむかえられた貴殿は、長身の体軀も誇らしげに、胸を張り拳をかためて登壇されました。しかし、話の内容は聴くに耐えぬほど陳腐で浅薄なものだった。これまで辿ってきたご自身の半生の成功譚《サクセスストーリィ》を、臆面もなくペラペラと気持ち良さげに喋りまくり(まるで舌に油を塗ったように!)、戦後日本の経済繁栄をいかに上手《うま》く生き泳いで蓄財を成したか、その財を費やして戦死した若者を弔う記念館を設立するに至ったかを、鼻を蠢かしながら意気揚々と語ったのです。ああ何という不遜、何という傲慢、ああ、気色ワル。それはご自身が這い上ってきた半生の成功譚に対して、今も自省とも悔悟ともつかぬ心情を抱いているという、例の貴殿が売りモノとする自虐ザンゲ話だったのかもしれませんが、残念ながら、その真情の一片さえ私たちには伝わってきませんでした。そこにあるのは、あの混乱期をじつに上手《うま》く生きのびた勝利者だけがもつ、甘美な成功譚でした。

正直、失望しました。要するに、アンタは上手《うま》くやってきた男なのです。そんな経済成長期の物欲レースで頭が完全にイカレちまった男が、あの戦死者の尊い命がならぶ記念館を営んでいるだなんて、憤りを通りこして悍《おぞま》しささえおぼえました。そんなアンタに、戦火のなかで不本意にも夢や志を捨てざるを得なかった若者の悲しみがわかってたまるか、アンタは記念館の主である前に、まずもってあの時代の敗者であるべきなんだ。何をおいても、かれらの血を啜《すす》って生きた己の罪の深さを知らねばならない。私はあのとき壇上に駆けのぼって、貴殿の胸グラをひっ摑んでやりたいという衝動に駆られました。もっとも、そんな貴殿の講演にたった一つ意味があったとしたら、それはあの戦後の経済競争を勝ちのこった成功者たちの、モヌケのカラのようになった大義なき人生を、私たちの前でポケットを裏返すようにすっかりさらけ出していたことでしょう。後生ですから、もうかくの如き、成功譚をペラペラ喋るのは止めてください。

街

歩いても　歩いても
辿りつかない街がある

今日も地図をひろげ
街の名を指でなぞり
必死に過去をよびもどすのだが
いっこうに埒《らち》があかない

だいたい
その街が　私の生まれた場所なのか
そうでないのか
それさえ不明だ

ただ　私は幼い頃
たしかにその街を歩いていた
黄色いランドセルを背負って
海につづく長い道を

夕陽が沈むと
私は坂の上でこっちに手をふる
母の割烹着をめがけて
いっさんに走った

その街が
記憶から消えたのはいつだろう
ふっと　私の故郷が
地図から消えてしまった

訪ねようとしても
もう二どと
訪ねることのできない
消滅した街

母も　父も
友も　近所のおじさんも
ある日、ある時
みんな消えてしまった

ぜんぶ、嘘

ぜんぶ嘘、といったら
わたしを許してくれますか

人を愛すると言ったことも
正義を守ると言ったことも
何より　あなたに誓った
数々の教義との約束も
ぜんぶ嘘、といったら
わたしを叱りますか

ユーチューヴの動画が
どれだけ熱心に「革命」を誘っても

あるいは「消費」を謳《うた》っても
けっして自分は同調しないと言ったことも
ぜんぶ嘘、といったら
わたしを軽蔑しますか

花屋のウインドウにならぶ
胡蝶蘭や薔薇よりも
すっかりお化粧した花籠よりも
野に咲く百合を好むと言ったことも
ぜんぶ嘘、といったら
わたしを嗤《わら》いますか

小説や詩の言葉を
電子書籍では読みたくないと言ったのも
人を見送るより　見送られるのが嫌い

抱きしめられるより
抱きしめるのが好きと言ったのも
ぜんぶ嘘、といったら
わたしと会ってくれなくなりますか

いたずらに目覚めを急《せ》かせる
まぶしい朝陽が苦手
言葉すくなく
身悶えするように沈む
夕陽のほうに惹かれると言ったのも
ぜんぶ嘘、といったら
わたしはやはり磔《はりつけ》の刑でしょうか

ぜんぶ嘘、といったら
わたしを許してくれますか

慰撫

仔猫が
背を丸めたように眠る
わたしのからだに
あなたの指がふれる

すっかり疲れたからだは
あなたの指に弾《はじ》かれて
海の底の弦のような
かすかな音をたてる

もう　立ち上がらなくてもいいのですよ
もう　何も話さなくてもいいのですよ

わたしのからだを
ゆっくり　ゆっくり上下する
あなたの細い指

いつのまにか
七十何年もの月日が
風の破片のように砕けて
あなたの指は
ふと　そこで止まる

そして
考え直しでもしたように
ふたたび　たどたどしく
動き出す

あなたの
やさしさに溶けた
わたしのからだは
かたちのない　夢のかたまりとなって
静かに　静かに呼吸をはじめる

どうか
このまどろみが
幾万年も　つづきますように

後記

この詩集を出してくださった「七月堂」さんは、私が五十二年間小劇場&ギャラリィ「キッド・アイラック・アート・ホール」（一昨年末閉業）を経営していた東京世田谷の明大前にある出版社である。私は小、中、高時代ずっとこの明大前で育ったので、文字通りここは私の心と身体の生誕地、幼い頃からのなつかしい思い出がつまった町だ。そんな山の手の小さな学生街で、やはり半世紀いじょう良書を出しつづけてこられた七月堂さんを、以前からお付き合いのあった詩人のＡｒｉｍさんが紹介してくださって、とんとん拍子にこの詩集は生まれた。

　私はこの夏、命にかかわる病で手術入院し、すっかり悄気《しょげ》かえっていたのだが、退院したらこの詩集を出してもらえる、というのが大きな生きる目標になった。これまで書きためてあった未熟な詩たちに、退院後に書いた何篇かを加えたもので、とても七月堂さんの合格点をもらえるとは思っていなかったのだが、今日こうして一冊にしてもらって夢のようである。この本の出版に力をつくしてくれた七月堂の知念明子さん、後藤聖子さん、Ａｒｉｍさんに心からお礼を申しあげます。

二〇一八年　晩秋

窪島誠一郎

窪島 誠一郎（くぼしま・せいいちろう）

略歴
一九四一年、東京生まれ。
美術館館主・作家。長野県上田市在住。

詩集　ぜんぶ、嘘
二〇一九年三月十一日　発行
著　者　窪島誠一郎
発行者　知念　明子
発行所　七　月　堂
〒一五六—〇〇四三　東京都世田谷区松原二—二六—六
電話　〇三—三三二五—五七一七
FAX　〇三—三三二五—五七三一
印刷・製本　渋谷文泉閣

ISBN 978-4-87944-361-8　C0092